わざをぎ

WAZAWOGI
Fuji Hideki

藤英樹
句文集

青磁社

春告鳥《うぐひす》や今の心をそのままに　白鸚

わざをぎ＊目次

はじめに

タイトルの「わざをぎ」とは、俳優・役者のことです。俳優の「俳」は、俳諧（俳句）の「俳」でもあり、この字には滑稽・戯れ言という意味があります。

私はかつて勤務先の新聞社で何年か古典芸能を取材していました。今も歌舞伎や能・狂言が好きでよく見に行きます。そうした中で強く感じるのは、和歌や俳諧と古典芸能との親和性です。

歌舞伎役者には「俳名」があります。俳諧を詠むときの名前です。市川團十郎なら「三升」、尾上菊五郎なら「梅幸」、中村歌右衛門なら「芝翫」、松本幸四郎なら「錦升」。今は芸名になったものもありますが、昔はみんな俳名でした。江戸時代の歌舞伎役者は素養としてごく自然に俳諧を詠んでいたようです。

さらに時代をさかのぼって、俳諧の連歌が盛んだった室町時代は、能・狂言も盛んでした。能には和歌、狂言には連歌を題材にした作品がいくつもあり、能を大成した世阿弥は「能役者は素養として和歌や連歌をたしなんだほうがよい」（『風姿花伝』）と言っています。

かように歌舞伎や能・狂言と俳諧には深い因縁があります。

この句文集に収めた句は、第一句集『静かな海』以降、二〇一七年から二〇年までの句から選びました。この間、一九年末で新聞社を定年退職し、念願だった松尾芭蕉の『おくのほそ道』を歩いて詠んだ句は別立てにしました。収めた散文は、俳句結社「古志」で俳論賞を受賞した「初代中村吉右衛門と俳句」、長谷川櫂先生のプライベートサイトに「芝居と詩歌」と題して連載したエッセイです。

句文集

わざをぎ

二〇一七年

わざをぎの大きな耳や千代の春

宙乗りの役者に見られ花の春

大向うから新しきこゑ春芝居

中村屋

よき兄によき弟や獅子を舞ふ

にらみ鯛われを睨んでゐるらしく

うぶすなの小さき神へ初詣

無精髭すこやかにあり寝正月

雪国の闇深々と姫始

七草やそこらの山も昔ぶり

目黒不動

水浴びて御不動様の氷りけり

静けさをわが物として寒鮒釣

手を入れて雪の中より大根引く

鯛肥えて揉みに揉まるる春の潮

鳥になり魚になりて朝寝かな

笛吹いて春呼んでゐる人は誰

ぐいと反る太刀うつくしや古雛

あをによし名も無き山も焼かれをり

我を見る大きな眼春の闇

新聞を開かぬ日なり芹を摘む

飴山實忌（三月十六日）

花を待つ静かな心實の忌

新宿御苑に巨樹

東京にこのはくれんのある限り

鴉にも春愁あるか一つ啼く

四月五日、大岡信逝く

詩人の死鎌倉の春深みゆく

おそろしき愛ある母の日なりけり

白牡丹ふはりと浮かぶ風の上

簗番や両切り煙草旨さうに

実梅ひとつ沈みし夜のしじまかな

黴の花ここに文学興りけり

京都・祇園会

ほどかれて長刀鉾は長刀に

風鈴売音を残して消えにけり

飯田蛇笏・龍太旧居

炎天の坂をのぼれば山盧あり

蟻の列大山盧へと続きけり

原爆ドーム窓から窓へ夏燕

酒もたばこも女も知らず敗戦忌

厳島

潮引いて大き鳥居に夕涼み

江の島は夏のはたてにある如く

行き暮れてかたへに一つ月見草

けさ秋の水におどろく軽井沢

焼き締めて錆鮎の錆旨きかな

信州やなんと大きな水蜜桃

露草を手折れば露となりにけり

秋風や障子に揺るる草の影

能装束広げ花野にゐる如し

草深き鵜匠の家に月上る

おそろしき月上りけり金華山

山姥も紅さしてゐる良夜かな

淡海の鯉を煮てをる雨月かな

楸邨にあまた弟子ありくわりんの実

かるがると骨いっぽんの蓮かな

熱燗の正一合を愛しけり

川崎展宏忌（十一月二十九日）

松明《たいまつ》あかし燃えさし一つ苞にせん

松明あかしは福島・須賀川の初冬の火祭

鯛焼を胸に包んで父帰る

淋しくてまた潮を吹く鯨かな

ぐるぐると渦巻きながら年流る

二〇一八年

新玉の年は飛沫を上げて来る

高麗屋三代襲名

孫も倅も芸の敵ぞ花の春

蓬萊をぐるりと這へる赤子かな

よく見れば悪相ばかり初閻魔

凍蝶やすなはち凍てて石の上

寒牡丹命ひとつの姿かな

一夜明けて町よく見ゆる火事の跡

山火事に白々と月上りくる

春愁のかほしてゐたり鬼瓦

句友・山田洋を偲ぶ

西行を思へば山田洋の忌

二月十日、石牟礼道子逝く

たましひの彷徨うてをり大干潟

柴犬のひたすら土を掻いて春

さよならと言ひて菫になりし君

サッカー部円陣組んで卒業す

二月二十日、金子兜太逝く。龍太忌（二月二十五日）

龍太の忌兜太も逝つてしまひけり

がつかしらはつ焼いてをる日永かな

そのうへを花の雲ゆく増上寺

惜しみなく散る花なれば惜しみけり

なまぬるき炬燵うれしや花の宿

花疲れ一合の酒よく回り

長女・里砂結婚

さながらに醍醐の花の夫婦かな

嫁ぎゆく怒濤の春を惜しみけり

おもむろに天をあふげば亀鳴かん

曲水の宴

盃は紫雲英《げんげ》の中を流れ来る

薦《こも》被り盃流す人は誰

悪の世の夢のごとくに鳥の巣よ

蝌蚪の国巨人のごとく覗きけり

この畔に悪口雑言塗り込めん

花にして花にあらざる牡丹かな

吉野山筍掘りも来たりけり

顔入れて大きなしじま箱眼鏡

ざぶざぶと水潜らせて吊忍

白雲の傍らにけさ薔薇咲きぬ

薔薇くづるるやうに世界の崩るらん

黴の家奥の一間のおそろしき

蚊柱に蚊柱呑まれゐたりけり

ときをりは五欲冷さん竹婦人

雄叫びを上げていづこへ羽抜鶏

府中・すもも祭

からす団扇鴉に戻り飛び去りぬ

炎天の炎となつて啼く鴉

湖の眠り覚まさん行々子

向うにも葭切の国あるらしく

朝一番プールの水の冷たさよ

学校のプールの空は永遠にあり

長良川・鵜飼

今生の兄鵜弟鵜が籠の中

こぼれくる火の粉を呑んで鵜の潜る

鮎呑んでのんど波打つ荒鵜かな

八月八日、翁長雄志知事逝く

沖縄の大炎天となられけり

けさ秋の風鈴歌をうたひ出す

八月といふ山越えて水の秋

見合写真忍ばせてあり桃の箱

母の声力としたり草相撲

あるときは萩疎ましき萩の寺

雑密は月の欠片の一つかな

雑密は初期の密教

最澄は栗空海は桃ならん

淋しさの不知火ひとつ又ひとつ

おそろしや人の如くに野分ゆく

深閑と秋の鵜籠の置かれあり

鵜篝は修羅の火となり秋の風

暴れ鵜もふるさと思ふ良夜かな

放生会生きとし生けるもの眠れ

色変へぬ松もさすがや加賀に入る

加賀能登の名酒居並ぶ夜長かな

うさぎ抱く鏡花先生秋昼寝

落雁の命ひとつが月の中

玩亭（丸谷才一）忌（十月十三日）

竹を伐る如くに批評されしかな

秋の日に溺れさうなり玩亭忌

しんとある鶉籠に秋の深みゆく

秋冷の鮎雑炊にぬくもらん

流鏑馬の大きなしじま木の実落つ

無花果の香にむせかへる祭かな

十月十九日、宇佐美魚目逝く

魚目逝く勇魚は潮を吹き上げて

大角を伐るや一句を切る如く

韋駄天のやうに山ゆく茸番

松島のある日雀は蛤に

坊守の声に集まる雪螢

コップ酒コップも熱し展宏忌

底冷や腹にうれしき奈良茶粥

京都・了徳寺

大根も日暮れてきたり大根焚

玄関に押し入ってくる枯野かな

締められて雪吊の縄匂ひたつ

禅林の宇宙くまなく煤払

朝露のとび散る歯朶を刈りにけり

人の世になまはげの面怯みけり

二〇一九年

枯れ枯れし翁の面大旦

初富士やこの国汚してはならぬ

大しけの海来たりけり宝船

人類の眠りのうへを初鴉

がらがらと国崩れゆく獏枕

繭玉や老いて艶めく仁左衛門

繭玉の玉の中から玉三郎

我が影に少し閉ぢたり福寿草

亀戸天神

鷽《うそ》替へてなにか春めく心あり

ぼろ市や古着を着たる古着売

平成から令和へ

しはぶきを一つ残して時代去る

神々の楽奏でをる氷柱かな

娘らも雪のごとくに山の湯に

大陽炎あそんでゐるや雪の上

春の雪叩きてうれし石叩

けさ春のりんりんと鳴れ雪雫

立春大吉雪にまみれて竹箒

煉獄の口を広げて春を待つ

美しき男も来たり針供養

つつましき国たりしころ針供養

今こゝに團十郎や鬼は外　其角

十三代團十郎や鬼は外

どさどさと雪を落として鬼逃ぐる

良寛の口の中より春の風

名も知らぬ鳥の来てをり梅の花

涅槃絵の豊かに揺れてをりにけり

鳴き終へて亀の佇む石の上

残る鴨喧嘩つ早くなりにけり

淋しくて風船は空のぼりゆく

春昼の鴉に殺気ありにけり

ゆかしさや雛に眉のありやなし

イチロー引退

イチローを惜しみて花を惜しみけり

梅津貴昶の会

歌舞伎座に花咲かせけり古希の舞

花や花踊の神に見入られて

散り果てて安らいでゐる桜かな

かはほりも少し酔うたり花の闇

人逝けばまた花ふぶく吉野山

安達太良の鬼の寝床も花の塵

人類の日一日と朧かな

加賀殿の行列ながし藤の花

蜆汁ましろき命啜りけり

牡丹に嫉妬してゐる女神かな

汚されても汚されても牡丹かな

うつむいて牡丹なにを憂ふらん

女王となるべき薔薇の蕾かな

妻の売り夫の作れる吊忍

父母は浅草を出ず吊忍

この町に古き鯨屋吊忍

白玉や地獄草紙のあざやかに

小諸

虚子旧居へと道の辺の軒菖蒲

湯河原の湯を舐めにくる螢かな

蕗の葉の裏から照らす螢かな

句友・村串栄酔を偲ぶ

梅漬けて梅干して君逝かれけり

語部は夏炉を焚いて語りをり

水堅くして睡蓮の開きけり

鎌倉の鎌倉彫の店涼し

壁一枚立つ涼しさよ爆心地

風吹けば又流さるる浮巣かな

鯵刺やタ暮の海さわがしく
冷蔵庫だんだん我に似てきたり
冷蔵庫夜な夜な開くる誰々ぞ

跡形も無きふるさとへ帰省かな

江の島は夏の名残の白子丼

混浴に妻と我ゐる秋の風

秋風に攫はれさうな嬰の足

鰶《このしろ》をゆるく握つてもらひけり

おしろいや妻には妻の世界あり

江の島の栄螺ごつごつ秋昼寝

雁やここおそろしき稚児ヶ淵

すさまじきものの転がる野分かな

洛北の遥かにひびく添水かな

憲法のそつと佇む秋の暮

縦に揺れ横に揺れたり崩れ簗

湯河原は湯気もくもくと秋の雨

一匹の藪蚊と秋を惜しみけり

この寺の綿虫はみな飛天かな

須賀川・牡丹園

静けさの真中に牡丹焚かれけり

夜祭果てて秩父の冬の深みゆく

ざつくりと切るこそよけれ大根焚

大熊手この世の欲を集めけり

茨城・大洗

磯節を口遊みつつ鮟鱇切る

口論の果つるともなき枯野かな

鬼の顔くわつと見えたり火事の中

煤逃やどこまで逃げて行きしやら

金屏に獅子侍らせて冬ごもり

雪吊の縄に潮の香移りけり

風音と波音の間に大根干す

魚屋宗五郎

音羽屋の口振りうつるおでん酒

どさん子の言葉丸出し柳葉魚焼く

静かなる星の爆発冬薔薇

火の奥に崩るる年を惜しみけり

おくのほそ道吟行（平泉〜象潟）

平泉

毛越寺何も残らず涼しさよ

高館に立てば鯨波の秋の風

判官はやんまとなりて飛び去りぬ

弁慶の立往生の松涼し

弁慶の娘をおもふ明易き

八月の光さやけし光堂

鳴子

天明も天保も飢ゑし雲の峰

炎天や山のごとくに熊の糞

尿前の関

封人の家を涼しき風抜くる

山刀伐峠

山毛欅若葉揺さぶつて熊現るる

ほまち田か出羽の山姥豆植うる

子燕のしんと見下ろす地獄あり

全国俳句山寺大会

山寺や大炎天を冷ますべく

この山の蟬ことごとく仏かな

あの蘆の奥に浮巣のあるらしく

むんむんと稲の香りや最上川

万緑を鎮めて秋の最上川

最上川白鷺の羽ひややかな

船頭の唄も秋風最上川

淋しさや捥げばつめたき青胡桃

山形の西瓜がぶりと夜の秋

月山や新米うまし桃うまし

生き死にの石積まれあり月の山

石も木も神の姿や月の山

龍となり月山の霧襲ひくる
月山の荒神となれ鬼あざみ
ときをりは蛇となりけり月の僧

月山の月は険しきかほしたり
毒茸の美しかりし月の山
名月に恋する蟇の声ならん

月山の神も老いたり草颪

月山は近くて遠し行く秋ぞ

瀧浴びて風より白き女かな

湯殿山まつ赤な月の上りけり

湯殿山参籠所

神の湯や五欲の汗のだらだらと

修験者は火の論争や夏の月

湯殿山素足であふぐけふの月

湯殿の湯踏んでわが身を知る秋ぞ

湯殿は恋の山

穴惑さびしさびしと恋の山

羽黒山へとまつすぐに稲の道

大蟻の黒きつむりも羽黒山

羽黒開山

慟哭は蜂子皇子か峰の月

我もまたひと粒の露南谷

朝顔に法螺貝の音ひびきけり 爺杉

千年を生くる空しさ秋の風

爺杉の婆杉思ふ夜長かな

西瓜売西瓜売る気もないらしく　吹浦

あさがほや村に二つの理髪店

葦牙の神も老いたり葦を刈る

みちのくは哀しきほどに海鞘匂ふ

芋虫は鳥海山をひと跨ぎ

象潟

能因の島に南瓜の太りけり

のどぐろの締めや炙りや秋の風

旧青山本邸

白むくげ鰊御殿のひつそりと

二〇二〇年

白鸚の絵心うれし賀状来る

よぼよぼと来て朗々と謡初

福藁を男盛りの渡り来る

初明り妻も年輪重ねたる

初鴉声もさすがに隅田川

三越の母大好きな福袋

眠る顔みな安らかや初電車

ここに来て昔を語れ嫁が君

少年の我なつかしや雪女郎

なにもかも吊る雪国の梁《うつばり》ぞ

雪国のしみじみ暮れて大藁屋

寒鯉を氷のごとく切りにけり

定年退職

木の葉髪うき世これから面白く

東京・檜原村

凍瀧の近ごろ凍てず村寂し

古り古りし土鍋と語る霜夜かな

指浸けて水となりけり春の水

しづしづと来てしみじみと針供養

手に残るやけどの痕や針供養

龍太また討ち死になりき梅真白

龍太引退は永遠の謎

龍太忌の沈黙といふ大きな死

山廬の表札は井伏鱒二筆

龍太忌や山椒魚もなつかしく

新型コロナウイルス

人間の消え失せにけり街朧

蛤も淋しからんか蓋開けて

み吉野の花にまみるる夢の中

コロナウイルス汝も幽かに花の形

春愁の猿春愁の我を見る

すつぽんや春愁のかほ水の上

少年の我を忘れぬ老桜
家々の只の花こそ愛しけれ
荒々しき花の吐息が闇の中

ダムの底よりはるかなる花の声
花の雨この世の厄を払ふべく
豊饒の言葉よろこび散る桜

目覚めつつ又眠りつつ散る桜

句友・藤井弘美を偲ぶ

懐かしき歌仙のひと間花匂ふ

風船は天のまほらへ帰りけり

山の湯に朧の客がまた一人

涅槃絵に蛙の声も交じりをり

文明の少し痩せたり蒙古風

なんともなや恋猫猫に戻りけり

雛流すほのくれなゐの雪の山

うとうとと眠れるままにゆく春よ

悲しげに去りゆく春を惜しみけり

新しき生き方見せん若楓

あら一つ花の蕾も朴若葉

朝刊も若葉に染まり来たりけり

暫くは考へてをり蟻地獄

青大将ジグザグに塀這ひ上る

葉桜を響かせてをり泣相撲

大輪の薔薇を見てをり薔薇の中

涼しさや四手に跳ぬる鱸の子

職安のとなりは酒場ざくろ咲く

久しぶりバットの素振り月涼し

起し絵は菅丞相のはたた神

浅草

勘三郎の墓参りして泥鰌鍋

還暦のことしは漬けん蝮酒

後行けばば黙おそろしき蝮捕

少年の横顔さみし桜の実

ウイルス禍神も仏もみな安居

鮎鮓や雨降山に雨降りて

はぶ捕の爺の親指はぶの形

一匹と見ればはぶの籠

伊勢の竹美濃の紙なる団扇かな

闇深し月はまだかと牛蛙

珍皇寺地獄をめぐりきて涼し

東山回して鉾を回しけり　比奈夫

東山回す鉾無し比奈夫逝く

トレーラーに家載せて来る夏芝居

夏芝居どろどろのまま終りけり

けさ終の凌霄の花こぼれけり

睡蓮に足掛けてゐる蛙かな

旅の宿

拓郎の字余りよけれ冷し酒

汗染みを残して夏の句帳果つ

どこからも浅間の見ゆるけさの秋

折りとりてはるかに能登の芒かな

笹鰈笹と吹かるる秋の風

葦刈の誰人在す葦の中

文月やひとりはほしき娘の子　其角

底紅や晋子に辞世ありやなし

太閤の閨おどろかす茶立虫

台風の眼にまばたきの無かりけり

草ひばり髭長々と良夜かな

富む者も富まざる者も無き良夜

滅びゆくものを照らさん今日の月

真葛原出づればそこも真葛原

この国の行方おそろし芋嵐

江の島は小島の国となりにけり

大向う無き歌舞伎座の夜寒かな

虫売や吉良の邸のうらおもて

蛇笏忌（十月三日）

蛇笏忌の冷え冷えとあり黒茶碗

しなやかな芒の心蛇笏の忌

慟哭の一つ落ちたりくわりんの実

焼帛《やきしめ》や明智が妻の黒髪も

印度象鼻ダンスして冬に入る

ずんずんと天下御免の熊手ゆく

雪降れば雪を見てをり展宏忌

鮟鱇の殺生の身を食ひ尽くす

鮟鱇鍋なにがなにやらぐつぐつと

鮟鱇はすなはち肝の重さかな

大川の波が波打つ冬の月

十二月十二日、坂田藤十郎逝く

顔見世やお初の居らぬ淋しさに

眠さうな炭団の炎揺り起こす

とつとつと昔を語る炭団かな

父母と横一線に麦を播く

山茶花に独り不平をこぼしけり

こくこくと柚子湯に眠る妻あはれ

また一つ夢追ふやうに鳰潜る

千葉笑子どもが口火切りにけり

「千葉笑」は千葉市の千葉寺で江戸時代、大晦日に庶民が顔を包み声を変えて為政者を批評し笑った奇習

千葉笑こっそり尻を突かる

艶やかな乙女の声や千葉笑

おくのほそ道吟行（千住〜一関）

千住大橋

草餅をたうべて矢立初かな

春日部は江戸より九里のどけしや

関越えん世の知らぬ花さがすべく

みちのくにこの一本の野梅あれ

麦熟るる金売吉次の墓いづこ

初つばめ水田の奥にまた水田

日光の水のさばしる立夏かな

万緑をふた分けざまに瀧落つる

岩燕もろともに瀧落ちにけり

五月雨の牧うつくしや那須野原

博労の馬呼ぶ声や大夏野

猫嗅いで大崩れなり蟻の列

刑務所の塀の外には桃熟るる

甘くなれ甘くなれとや袋掛

那須神社

青あらし那須与一が面構へ

鳴神の我を捜してゐるらしく
雷落ちてづきづき響く神経痛
電気柵びりりと光る夜の秋

鹿の湯の熱きもよけれ月を待つ

湯の花にまみれてあふぐ今日の月

露けしや殺生石も湯の花も

蜘蛛の巣の鋼の如く良夜かな

殺生石きつねも遊ぶ良夜かな

殺生石すこし離れて草雲雀

体ぢゆう西瓜の匂ひ西瓜売

むんむんと闇の匂ひや梨畑

くちなはの冷や冷ややうねる花野かな

うたたねの森

白鳥の声うたたねの声となる

白鳥の首を並べて来たりけり

白鳥の声聞いてゐる阿呆らしや

須賀川・可伸

白き息吐いて風狂偲びけり

福島・文知摺観音

露の石むかしの恋をしのぶ摺

阿武隈川

濁流に呑まれしものを夕焚火

福島の粘りの餅を雑煮餅

餅花を覗きに来たる狐かな

林檎捥ぐ冬空に手を突っ込んで

武隈の松

ほのぼのと二木の松やひなたぼこ

笠島はいづこ五月のぬかり道　芭蕉

笠島やここかぐはしき芹の水

藤原実方

霜ざくざくと中将の落馬道

多賀城

壺の碑《いしぶみ》氷の如し春の風

松島の白き岩屋に冬ごもり

松島や島々かけて初霞

松島や牡蠣も帆立《ほたて》貝も花の春

瑞巌寺

踏み鳴らす鶯張りの寒さかな

臥龍梅ほがらほがらと匂ひけり

ひもすがら湯気立つてをり牡蠣の小屋

月光を閉ぢ込めて太る氷柱かな

石巻

三陸の空からつぽや夕焚火

ぼうたんの芽の艶々と雪の上

牛小屋を牛あふれ出づ雪解風

濁流の泥そのままに春の泥

芝居と詩歌

連歌盗人と箕被《みかづき》

俳諧はもともと室町時代に隆盛した「連歌」が源流になっています。五七五の長句と七七の短句を何人かで詠み合うものです。室町期の心敬（一四〇六～一四七五年）、宗祇（一四二一～一五〇二年）といった連歌師の名前はご存じかと思います。ではその連歌はといえば、平安時代に和歌の五七五の長句と七七の短句を二人で詠み分けた「短連歌」から発展したといいます。つまり王朝の和歌の流れをくんでいるのが連歌です。

しかしこうした連歌は決まり事が多く、庶民にとってはやや敷居の高い高尚な世界でした。もう少し卑近な連歌があればという庶民の欲求から生まれたのが、後の俳諧につながっていく「俳諧の連歌」という滑稽を旨とする連歌でした。

俳諧の連歌は庶民の文芸であったため、正統な連歌と違って記録に残されることもなく余興・座興で詠み捨てられていたらしい。そんな俳諧の連歌がいかなるものであったかが分かる手掛かりがあります。狂言です。室町期に能とともに隆盛した狂言ですが、もともとは田楽や猿楽と呼ばれる、ごく卑近な庶民の戯れ事

が源流です。狂言として一つの完成を見たのは、ちょうど俳諧の連歌と同時代であり、滑稽を旨とする点で共通していました

狂言には「連歌」と名の付く作品がいくつもあります。狂言は当時の庶民の日常を笑いを込めて描く話ですので、当然、連歌狂言も連歌に絡ませてさまざまな笑いが展開します。「連歌盗人」という狂言があります。

ある男が連歌講（連歌を詠む会）の当番に当たりますが、生活が貧しくて準備ができません。仲間の当番の男も貧しいので、二人して金持ちの屋敷に盗みに入ります。忍び込んだ部屋にあった懐紙（連歌を書き込む紙）に

水に見て月の上なる木の葉かな

という句が書かれていました。連歌好きの二人は興が高まり、つい添え発句を詠み、脇を付けてと盛り上がってしまいました。

木ずゑ散り顕れやせん下紅葉
時雨の音を盗む松風

そこに物音を聞きつけた屋敷の亭主が現れます。何を騒いでいたのかと質す亭主に、二人が連歌を詠んでいたと答えると、やはり連歌好きの亭主が

闇のころ月をあはれと忍び出で

と第三句を詠み、これに見事四句目を付けたら見逃してやると言います。二人が

覚むべき夢ぞ許せ鐘の音

と付けると、その手際に亭主は二人が顔見知りと分かり、事情を聞いたうえで二人の行為を許し、太刀を与えるのでした。

この作品から、当時の庶民が貧富の差を問わず連歌に夢中になっていたことが想像できます。また連歌が人間関係を良好にする潤滑油の役割も果たしていたのではないかとも思われます。

もう一つ「箕被」という狂言があります。連歌に熱中して家庭をかえりみない

夫に愛想を尽かした妻が「離縁してくれ」と迫ります。夫は「分かった」と承知して、妻が使い慣れた箕（農具）を暇の印に持たせ出て行かせようとします。夫は妻の後ろ姿を見て、少し心残りなのか

いまだ見ぬ二十日の宵の三日月（箕被との掛詞）は

と発句を詠みました。すると妻は

今宵ぞ出づる身（箕との掛詞）こそ辛けれ

と脇を付けました。夫は妻の手並みに驚き、これから一緒に連歌を楽しもうと仲直りしました。

これなどはまさに俳諧の連歌に親しむ庶民の日常がうかがえる狂言でしょう。

熊野《ゆや》と萩大名

現代において短歌や俳句を詠む人は少数派といえるでしょうが、王朝時代の貴族たちにとって和歌は必須の教養でした。上手に詠めるか詠めないかは、大げさにいえば人生を左右する大問題だったと思います。

紫式部が描いた『源氏物語』の主人公・光源氏は輝く美貌の持ち主であるだけではなく、和歌の才能もあったればこそ、あれだけ女性にもてたのです。

当時、桃の節句に朝廷で「曲水の宴」という行事が催されました。庭園を流れる水に盃を浮かべ、貴族たちは自分の前を盃が流れ過ぎないうちに和歌を詠み、盃の酒を飲んで次へ流すというものです。和歌が上手に詠めない貴族には苦痛以外のなにものでもなかったでしょう。

時代は少し下り、『平家物語』を素材にした「熊野」という能があります。作者は不詳ですが「熊野松風は米の飯」（能の「熊野」「松風」は米の飯ほど誰にでも好まれる）という諺があるくらい有名な作品です。

平家全盛のころ、平宗盛（清盛の子）の寵愛を受けていた熊野という女性がいました。遠江（いまの静岡県西部）の出身ですが、宗盛に仕え長く京の都に留まっています。故郷の母が病気との知らせを受けた熊野は母のもとに帰らせてほしいと宗盛に願い出ますが、許されません。

花が満開のころ、熊野は宗盛に従い清水寺に出かけます。花の下で舞ううち、にわか雨が降り出し花を散らせます。熊野は母のことが思いやられ

いかにせん都の春も惜しけれど
馴れし東の花や散るらん

と涙ながらに詠みました。これにはさすがの宗盛も哀れを覚え、ついに熊野が遠江に帰ることを許すのでした。王朝の残り香のする話です。

ところが時代がさらに下り、室町以降の狂言の世界になると、様相はだいぶ変わってきます。「萩大名」という狂言があります。

長く京の都に滞在していた田舎大名が退屈しのぎに物見遊山に出かけようと、太郎冠者に適当な場所がないかと相談します。太郎がある庭園の萩が盛りと伝えると、大名は出かけようと言います。大名は太郎から「風流者の庭園主は訪れた

で太郎から「和歌の素養がある者に必ず和歌を所望する」と聞きますが、無骨で和歌の素養がありません。そこで太郎から

七重八重九重とこそ思ひしに
　十重咲きいづる萩の花かな

という和歌を教えられ、「七重八重」は扇の骨の数に、「萩」は足の「脛」に見立てて覚えようとします。でも結局うまく覚えられず失言を重ね面目を失ってしまいます。

ここに登場する大名というのは江戸時代の大名ではなく、地方の小さな荘園を領有していた豪族で、訴訟などのために都に上っていました。和歌の素養がないのも無理はありません。能が古典を素材にしたのに対して、狂言は当時の現実を笑いにしたのです。

時《とき》今《は》也《いま》桔梗《ききょう》旗《の》揚《はたあげ》と松浦の太鼓

じめじめと降り続く梅雨時でなかったら、明智光秀も主君・織田信長を討とうなどとは考えなかったかもしれません。「本能寺の変」として知られる光秀の謀反は、一五八二（天正十）年六月二日の明け方に起こりました。六月二日は旧暦で、新暦では六月二十一日。梅雨時の気候が人間の心理に影響を与えることは十分あり得ます。

時は今雨が下しる五月哉

これは光秀が謀反を決断したときに詠んだ句です。本能寺にほど近い京・愛宕山の宿所で連歌師・里村紹巴らと巻いた百韻連歌の発句でした。「時は今」と上五で鋭く切れ、中七下五で梅雨の重苦しさを一気に詠み下しています。句には、裏の意味があります。すなわち「時」は明智家の本家である美濃源氏の姓「土岐」に、「雨」は「天」に、「しる（領る＝占領する）」は「知る」に掛けています。

名族土岐一門の明智が織田を攻め滅ぼして天下を治めるのは今このときだ。梅雨に降り込められている人々もやがて知ることになる五月であることよ

この句を物語の展開の軸にしたのが、鶴屋南北作の歌舞伎「時今也桔梗旗揚」です。江戸幕府をはばかって、織田信長は小田春永、明智光秀は武智光秀と少し変えてありますが、謀反前夜の重苦しいやりとりが描かれています。時代物を得意とする初代、二代の中村吉右衛門が光秀を当たり役にしています。

春永から勅使饗応役を命じられた光秀ですが、饗応の場に武智家の家紋である桔梗の幔幕を使ったため、猜疑心の強い春永の激しい怒りを買います。光秀は春永の寵臣・森蘭丸に鉄扇で額を割られ、馬に水を飲ませる馬盥で酒を飲まされ、揚げ句に光秀の貧しかった浪人時代、妻が生活の糧に売った黒髪を見せられ、侮辱されます。これでもかという春永の激しいいじめに、光秀は忍従します。内心の怒りはとうに沸点を超えているはずですが、それをおくびにも出さず宿所に戻る光秀。春永からの領地替え（左遷）を知らせる上使を水裃で迎え、三方に乗せた刀で切腹の覚悟を見せます。ここで光秀が辞世に詠むのが「時は今」の句。ところが上使が油断したところで光秀の形相は一変、上使を斬り捨て、三方を踏み

砕いて、兵を挙げます。

粗暴で猜疑心の強い春永、有識故実に通じた教養人の光秀。天下統一をめざす春永にとって自分にない才能を備えた人材として光秀をスカウトしたのでしょうし、ある時期まではプラスとマイナスの磁石のように互いに引き合い、良好な関係を続けていたのかもしれません。しかし天下統一が目前に迫り、さらに羽柴(豊臣)秀吉のような人たらしが春永の覚えめでたく出世するようになると、光秀の心には「敬意を払うに価しない主君…」、それを鋭く感じ取った春永には「鼻持ちならない部下…」という鬱憤が徐々に募っていたのでしょう。一つの出来事をきっかけに、性格の不一致による日ごろの鬱憤が爆発し、謀反決断にまで至る様子が、梅雨時の薄暗い舞台に展開します。

句が物語展開の軸になっているもう一つの歌舞伎が「松浦の太鼓」です。やはり初代、二代の中村吉右衛門の当たり役の芝居です。こちらは時代が下って、赤穂浪士の吉良邸討ち入り前夜、年の瀬の江戸が舞台です。

雪の降り積もる両国橋で俳人の宝井其角が、赤穂浪士の大高源吾と偶然出会います。源吾は其角の俳諧の弟子でしたが、浅野内匠頭の刃傷事件で赤穂藩が取り潰しになってからは音信不通でした。源吾の貧しげな煤竹売りの姿を見て其角は、

句仲間の平戸藩主・松浦侯から拝領した羽織を源吾に与え、別れ際

年の瀬や水の流れと人の身は

と詠みました。すると源吾は

明日待たるるその宝船

と下の句を付けたのです。翌日の夜、吉良邸に隣接する松浦侯の屋敷で句会をしていた其角は、松浦侯に源吾の句の話をします。松浦侯は山鹿流の兵法を学んでいたときに赤穂藩家老だった大石内蔵助と同門でした。内心、赤穂浪士が吉良を討つことを期待していますが、いつまでも討ち入りをしない大石に業を煮やし不機嫌でした。しかし源吾の句から「今夜討ち入りがある」ことを悟ります。

とそのとき、隣の吉良邸から聞こえてきたのは、聞き覚えのある山鹿流の陣太鼓の音。松浦侯は遂に討ち入りだと雀躍し、助太刀に向かおうとしますが、家来たちに必死に押し止められるのでした。

「時今也桔梗旗揚」に比べると、やや能天気な殿様の話ですが、元禄の頃の俳諧が身分の高い武士階級にも浸透していたことを物語る芝居でしょう。

西行桜と遊行柳、江口

源平の争乱時代を生きた大歌人・西行（一一一八〜一一九〇年）といえば

　ねがはくは花の下にて春死なん
　　そのきさらぎのもち月の頃

という歌がよく知られています。平将門の乱を平定した俵藤太（藤原秀郷）の嫡流に生まれ、俗名・佐藤義清《のりきよ》として鳥羽上皇に仕えて北面の武士となりますが、二十三歳のときに突然出家してしまいます。そして東は奥州から西は九州まで旅し、数々の歌を詠みました。四十五歳年下の藤原定家らが編纂した『新古今和歌集』には最多の九十四首が採られています。七十二歳で冒頭の歌に詠んだ通り、旧暦二月十六日（新暦の三月半ば）の花が咲きだす頃に河内国（大阪東部）の葛城山の麓で亡くなりました。

西行の歌集『新訂 山家集』（佐佐木信綱校訂、岩波文庫）を読むと、現代の我々にもすっと理解しやすい歌が多く並んでいます。『新古今』の時代はどちらかといえば技巧的な歌が多いのですが、こと西行に関しては直截に心情を吐露しているように思います。『新訂 山家集』の緒言は「非凡なる感受性と非凡なる歌才とを以てし」「真情流露して、人の胸にしみとほるものある」とする一方で、「往々辞句の正確を欠き、構想の不用意に過ぐるものが無いではない」とも指摘しています。

そんな西行の歌をモチーフにした能作品も、うっかり詠んだ不用意な歌が誤解を招いてしまうという大歌人らしからぬ展開になっています。よく上演されるのが世阿弥作の「西行桜」です。

京都西山の庵で独り静かに桜を楽しもうと、西行は他人が来ないように花見禁制の触れを出しますが、盛りの桜の噂を聞いて下京から人びとがやって来てしまいます。迷惑に思った西行は

花見にとむれつつ人のくるのみぞ
あたら桜のとがにはありける

と、俗人たちがやって来るのは桜の咎だと非難めかして詠みました。すると夜更けて寝ている西行の枕辺に老桜の精霊が現れて、西行の歌に「桜に浮き世の咎はない」と反論します。同時に大歌人・西行に会えたことを喜びもし、舞うのでした。

「西行桜」に似た作品に観世信光作の「遊行柳」がありますが、こちらは栃木県の歌枕・遊行柳の下で西行が詠んだとされる

道のべに清水流るる柳かげ
しばしとてこそ立ちどまりつれ

という歌を柳の精霊が自慢げに物語る話です。大歌人の歌をありがたがる「遊行柳」に比べると「西行桜」のほうが大歌人の不用意な歌に反論するという点で、一段工夫が凝らされていて面白みがあると思います。

西行のうかつな歌をモチーフにしたもう一つの作品が観阿弥作の「江口」でしょう。

諸国を巡る僧が大阪・天王寺近くの江口の里に着き、ここで昔西行が遊女に一夜の宿を求めたものの、遊女に断られ恨み言めかして

世の中をいとふまでこそかたからめ
かりのやどりを惜しむ君かな

と詠んだ歌を口ずさみます。すると遊女の霊が現れて「宿を貸すことを惜しんで断ったのではない。（西行の）出家の身を案じて遠慮したのです」と反論します。『新古今和歌集』には遊女の返歌として

世をいとふ人とし聞けばかりの宿に
心とむなと思ふばかりぞ

が並んでいます。観阿弥はこの歌にモチーフを得たのでしょうか、遊女の霊が

後シテでは普賢菩薩となり、浮き世への執着を捨てれば心に迷いは生じないという仏教の教えを説く奥深い話に展開させています。出家した西行といえども時には俗世（遊女）に思いを留めることがあり、それを見逃さず、苦界に身を沈める遊女を普賢菩薩の化身であると見た観阿弥の構想力の大きさに驚かされます。

雲林院

平安時代の六歌仙の一人、在原業平（八二五〜八八〇年）といえば、『古今和歌集』の

世の中にたえて桜のなかりせば
　春の心はのどけからまし
名にし負はばいざこと問はん都鳥
　わが思ふ人はありやなしやと

などの和歌でよく知られていますが、同時に高貴な女性との禁忌の恋愛でも名をはせています。業平がモデルといわれ「昔、男ありけり…」で始まる『伊勢物語』には、二条后（清和天皇の女御）や伊勢斎宮（内親王）との恋愛関係が描かれています。さぞかし色男だったのでしょうし、当時の女性にもてる必須条件である和歌の才能ものをいったのだと思います。

そんな業平が年老いて登場する能が「雲林院」です。諸説ありますが世阿弥の作品といわれています（昭和十六年に奈良で世阿弥自筆本が発見されました）。あらすじはこうです。

『伊勢物語』を日ごろ愛読している芦屋（兵庫県）の里の公光《きんみつ》という男（ワキ）が、京・紫野の雲林院の業平と二条后の夢をみたので、雲林院を訪ねます。折しも桜の花が満開で、公光が花を手折ると、老人（前シテ）が現れて手折ったことを咎めます。老人は自分が業平の霊であることをほのめかして消えます。

公光が花の下で仮寝すると、夢の中に業平と二条后が現れます。二人は武蔵野に逃げて塚に身を隠しますが、后の兄の藤原基経（後シテ）が鬼神の姿で追ってきて、塚に隠れている二人を見つけ出し、后を連れ帰りました。

やがて公光が夢から覚めると、そこは武蔵野ではなく、雲林院の花の下でした。

この能の前場の見どころは、花を手折った公光とそれを咎めた老人（業平の霊）との問答でしょう。それぞれ和歌を入れて、自説を主張し合います。公光が

何とて素性法師は、見てのみや人に語らん桜花手毎に折りて家苞にせん、とは詠みけるぞ

と花を手折って土産に持ち帰ることも風流と言えば、業平は

さやうに詠むもあり、またある歌には、春風は花のあたりを避ぎて吹け心づからやうつろふと見ん、春の夜のひと時をば千金にも替へじとは、花に清香月に影、然れば千顆万顆の玉よりも、宝と思ふこの花を、折らせ申すこと候まじ

と千顆万顆の玉より大切な花を手折ることは許せないと反論します。花に執心する六歌仙の面目躍如といったところでしょうか。

ところが、後場になり鬼神姿の基経が登場してからは、今度は「昔男」の業平の姿が色濃く描かれます。

基経が塚に隠れていた業平と后を見つけると、地謡がうたいます。

松明振り立てて、塚の奥に入りて見れば、さればこそ案のごとく、后はここにましましけるぞや、げにまこと名に立ちし、まめ男とはまことなりけり、あさましや世の聞こえ、あら見苦しの后の宮や

「まめ男」とは色好みの男のことで、もちろん業平のこと。「あさましや」と軽蔑された業平の思いを『伊勢物語』百二十三段の（『古今和歌集』では業平の歌とされている）、女に飽きた男が詠んだ歌を入れて、地謡がうたいます。

年を経て住み来し里を出でて往なばいとど深草野とやなりなん、と亡き世語りも恥づかしや（この女と住んだ里を私が出て行けば、なお草深い野になってしまうだろう、と後の語り草になるのも恥ずかしいことだ）

これに基経が、百二十三段の女の返歌を入れて、続けます。

野とならば鶉となりて鳴き居らん狩だにやは君が来ざらん、と慕ひ給ひしもあさましや（草深い野となっても私は鶉となって鳴き続けましょう、狩りにでも来て下さるでしょうから、と業平をお慕いになられたのもあさましいことだ）

さらに地謡と基経は『伊勢物語』九段の歌

唐衣着つつ馴れにし妻しあれば
はるばる来ぬる旅をしぞ思ふ

を上の句、下の句に分けて、うたい合います。

地謡　げに心から、唐衣着つつ馴れにし妻しあれば
基経　はるばる来ぬる、恋路の坂行くは、苦しや宇津の山
地謡　現か夢か行き行きて、隅田川原の都鳥

六歌仙とまめ男、業平の両面をしっかり描き込んだ作品といえるでしょう。

一谷嫩軍記《いちのたにふたばぐんき》と忠度《ただのり》

二〇一三年二月三日に六十六歳で亡くなった歌舞伎役者・十二代目市川團十郎が逝去の一年ほど前、埼玉県美里町にある源氏の武将・熊谷次郎直実の遺骨が埋葬されたとされる祠や、深谷市にある平家の武将・平忠度（清盛の末弟）の供養塔を回ったことがありました。私も当時記者として同行取材しました。

團十郎は一二年三月に国立大劇場で上演された「一谷嫩軍記」で熊谷と忠度を演じました。その公演の成功を祈願して、祠や供養塔の前で手を合わせたのでした。

團十郎はそれまで熊谷は何度も演じていましたが、忠度はこのときが初演でした。というのも『平家物語』などを題材にした長編「一谷嫩軍記」の中でも、忠度が主人公となる「流しの枝」が上演されたのはこのとき実に三十七年ぶりだったからです。

忠度は平家一門の武将ですが、それ以上に歌人として知られた人でした。「流しの枝」はその歌人としての執心を描いたくだりです。忠度は歌道の師である藤原俊成（定家の父）が後白河院の勅命で編纂した『千載和歌集』に自分の歌

さざ波や志賀の都は荒れにしを
昔ながらの山桜かな

を載せてほしいと俊成に求めますが、当時日の出の勢いの源氏を憚り、敵方の忠度の歌を入集するのは難しいと言われます。しかしこの歌を褒めた源義経の取りなしで「詠み人知らず」として載せることが認められました。

その知らせを忠度にもたらしたのは源氏の武将・岡部六弥太。桜の枝に結んだ「さざ波」の歌の短冊を岡部が届けると忠度はたいへん喜びます。そして許嫁である俊成の娘・菊の前と別れを惜しみ、一谷の合戦に赴くのでした。忠度は戦場で岡部とまみえ、討ち死にします。

歌舞伎の「流しの枝」はここで終わっていますが、世阿弥作の能「忠度」ではさらに忠度の歌詠みとしての妄執が描かれます。

俊成の縁者に当たる旅の僧が須磨の浦の桜木の下で老人に出会います。僧が一夜の宿を請うと、老人は忠度の歌

行き暮れて木の下陰を宿とせば

花や今宵の主ならまし

を示して、この桜木の下を宿とするように勧め、ここに忠度の亡骸が埋められているので回向してほしいと頼みます。実は老人は忠度の亡霊。夜になると忠度の亡霊が現れ、「さざ波」の歌が『千載和歌集』に「詠み人知らず」として載せられたことの口惜しさを語り、僧に「（俊成の息子の）定家にそのことを訴えてほしい」と頼んで消えるのでした。

世阿弥が得意とした夢幻能（前場の人間が後場で亡霊として現れる形式の能）の一つですが、ほかの修羅物（戦で討ち死にした武将などが修羅道の苦しみを語る能）に比べると、「忠度」の場合は歌への妄執ということで異彩を放っているといえるでしょう。平和な時代に生きていれば歌人として大成したであろう才能がありながら、戦乱の時代ゆえにままならなかった忠度の無念やいかばかりか。團十郎が「この芝居から世の無常を感じてもらえれば」と語っていたのが、今となっては團十郎の死とともに思い起こされます。

融《とおる》

『源氏物語』の主人公・光源氏のモデルといわれているのが、平安時代前期の貴族・源融（八二二〜八九五年）です。嵯峨天皇の皇子に生まれ、臣籍降下し源の姓を名乗りました。左大臣となり、京・六条河原に広大な邸「河原院」を構えたことから「河原左大臣」の異名もあります。

平安の貴族たちは、実際には訪れたことのないみちのくの歌枕に思いをはせ、和歌にさまざま詠みましたが、融のすごいところは、みちのくの塩竈（宮城県）を実際に河原院の中に造ってしまったことです。現在の兵庫県尼崎市辺りの浦から、大勢の人夫に海水を運ばせて、邸内で汐汲みができるようにしたそうです。

世阿弥は、その河原院を舞台に、傑作「融」という能を作りました。

融亡き後、主を失って荒れ果てた河原院を、諸国を巡る旅僧が訪ねます。月に照らされた廃墟を眺め、融の栄華に思いをはせていると、腰蓑に汐汲み桶を手にした老人（尉の面を着けた前シテ）が現れます。

老人が「月もはや、出汐になりて塩竈の、浦さび渡る、気色かな…汐馴れ衣袖寒き、浦曲の秋の夕べかな、浦曲の秋の夕べかな」とうたいます。

僧が「不思議やな、ここは海辺にてもなきに、汐汲みとは誤りたるか、尉殿」と尋ねると、老人は「河原の院こそ、塩竈の浦候ふよ、融の大臣、陸奥の千賀の塩竈を、都の内に移されたる海辺なれば、名に流れたる河原の院の、河水をも汲め、池水をも汲め、ここ塩竈の浦人なれば、汐汲みとなど思さぬぞや…」と答えます。

やがて僧も興が募り、「げにげに月の出でて候ふぞや、面白やあの籬が島の森の梢に、鳥の宿し囀りて、四門にうつる月影までも、古秋に返る身の上かと、思ひ出でられて候」と眼前に海を思い浮かべます。二人は中国唐代の詩人・賈島の有名な詩を唱和します。

鳥は宿す池中の樹
僧は敲く月下の門
推すも
敲くも
古人の心
今目前の秋暮にあり

僧から「なほなほ陸奥の千賀の塩竈を、都の内に移されたる謂はれ御物語候へ」と求められた老人は融の大臣の思いを語ります。しかし融亡き後は「相続してもてあそぶ人もなければ…」とその後の荒れ果てた様子を語り

君まさで煙絶えにし塩竈の
　うら淋しくも見え渡るかな

と紀貫之が河原院の廃墟を哀傷した『古今和歌集』の歌を引くのでした。この後、老人は僧に河原院から眺める名所の山々を教えます。

あれこそ音羽山候ふよ
語りも尽くさじ言の葉の
歌の中山清閑寺
今熊野とはあれぞかし
まだき時雨の秋なれば
紅葉も青き稲荷山

夜のことですから、河原院からこうした山々が実際に見えるはずもないでしょう。すべて老人の心に映る風景です。

やがて老人は消えてしまいます。

そして後場、旅寝している僧の前に、中将の面を着けた後シテ・融の霊が現れます。

融の大臣とは我がことなり、我、塩竈の浦に心を寄せ、あの籬が島の松蔭に、明月に舟を浮かめ、月宮殿の白衣の袖も、三五夜中の新月の色…あら面白や、曲水の盃

融の霊はうたいながら早舞を舞います。そして夜明けが近づくと、名残を惜しみつつ、月の都に帰っていくのでした。能楽師にとって体力、気力をふりしぼる大曲です。

河原院は現在の京の町中、東本願寺付近にあったとされ（今ある同寺の庭園・渉成園とは別所ですが）、近くに本塩竈町という地名も残っています。

融は左大臣に累進しながらも、当時権勢を誇っていた藤原氏に押さえ込まれ、

その不満から嵯峨の別邸（現在の清涼寺）に引きこもりました。政治家としては不遇に終わったようです。現世での不遇、疎外感が、河原院という理想郷を造らせたのでしょうか。

翁《おきな》

能楽のプログラムを番組といいます。能作品は内容によって、初番目物（脇能）、二番目物（修羅物）、三番目物（鬘物）、四番目物（雑能）、五番目物（切能）と分けられます。修羅物とは『平家物語』などを題材に非業の死を遂げた武将の亡霊が修羅道に落ちた苦しみを語る能、鬘物とは女性を主人公にした能のことです。

江戸時代の正式な能の会では、これらの順番で一番ずつ上演され、さらにその間に狂言も上演されました。武士階級の式楽といわれるだけあって一日中延々と演目が続きました。忙しい現代ではそんなわけにはいかないので、せいぜい能二番に狂言一番という形が一般的です。

初番目物が脇能といわれるのは、その前に「翁」と呼ばれる特別な祝言曲が上演されることがあるためです。「翁」は「能にして能にあらず」と言われます。正月や特別な祝賀のときだけ演じられ、ストーリーはありません。老体の神様である翁が、天下泰平、五穀豊穣、国土安穏を祈る舞です。しかも通常の演目とは形式が大きく異なります。演者たちが登場前に待機する「鏡の間」に神棚が設けられ、御神酒や切り火で心身を清めて登場します。

最初に面を収めた面箱が舞台に運び込まれ、続いてシテ方の翁、ツレの千歳、狂言方の三番叟が登場します。囃子方（太鼓・大鼓・小鼓・笛）の演奏の仕方や地謡の座る位置も通常の能とは異なります。

千歳が舞い、この間に翁は面箱から「白式尉（白色の老人の面）」を取り出して着けます。通常の能ではシテ方は鏡の間で面を着けて登場しますから、舞台で面を着けるというのも異例です。

翁と千歳、地謡が舞台でうたう詞章は呪術的で意味不明ですが、よく知られています（流儀によって若干異なりますが）。

翁　　どうどうたらりたらりら　　たらりらたらりららりどう

地謡　ちりやたらりたらりら　たらりららりららりどう
翁　所千代までおはしませ
地謡　我等も千秋さむらはう
翁　鶴と亀との齢にて
地謡　幸ひ心にまかせたり
翁　どうどうたらりたらりら
地謡　ちりやたらりたらりら　たらりららりららりどう
千歳　鳴るは滝の水　鳴るは滝の水　日は照るとも
地謡　たえずとうたり　ありうどうどう
千歳　たえずとうたり　たえずとうたり
千歳　所千代までおはしませ　我等も千秋さむらはう　鳴るは滝の水　日は照るとも
地謡　たえずとうたり　ありうどうどう

詞章はさらに続きます。

どうどうたらりたらりら…

意味は不明でも、聴いているとなんとも心地よく、不思議と心豊かな気分にさせられます。「千代」も「千秋」も長い年月のこと。千年万年生きるといわれる「鶴と亀との齢」を言祝ぎます。

鳴るは滝の水　日は照るとも

は森羅万象の変わらぬ営みを象徴しているように思えます。
翁の後の詞章に

千年の鶴は　万才楽と歌うたり　また万代の池の亀は　甲に三極を備へたり
天下泰平　国土安穏　今日のご祈禱なり　ありはらや　なじよの　翁ども

とあります。「三極」とは天と地と人、すなわち宇宙の万物を表します。「ご祈禱」ですから、昔からの祈りの言葉なのかもしれません。

その年の豊作を祈る形式の民俗芸能は「瑞穂の国」であるわが国には古くから全国各地にあります。そうした芸能が能の起源となった「猿楽」や「田楽」に取り入れられ、室町期に至って「翁」という舞になったのでしょうか。

さて、翁が舞い終えて退場すると、今度は三番叟が舞い始めます。翁の舞がゆったりとした動きだったのに対して、三番叟の舞は躍動的です。前半は直面（面なし）で「揉ノ段」と呼ばれ、足拍子を踏んで地固めの動きを表現します。後半は面箱から取り出した「黒式尉（黒色の老人の面）」を着けて、鈴を振りながら飄逸に「鈴ノ段」を舞います。こちらは畑の種蒔きを表現します。翁、千歳の呪術的な詞章を伴った舞に比べて、三番叟の舞は農耕儀礼を思わせ、猿楽、田楽を起源としていることを想像させます。

三番叟は翁よりも動きがあるため、「翁」以外にも各芸能に取り入れられました。歌舞伎や日本舞踊、文楽などでも盛んに演じられています。

鸚鵡《おうむ》小町《こまち》

能作品の中に、六歌仙の一人で、絶世の美女とうたわれた平安前期の歌人・小野小町をシテ(主役)にした大曲があります。「関寺小町」「卒都婆小町」「鸚鵡小町」の三曲で、どれも絶世の美女であった小町が年老いて落ちぶれた晩年の様が描かれます。「老女物」と呼ばれ、「関寺小町」を筆頭にどれも秘曲とされています。老女で動きが少ないうえに情感を表現する演技が難しく「習物《ならいもの》」とされ、特別の伝授を受けなければ演じられません。

三曲の中でも、小町の歌人としての面目躍如といえるのが「鸚鵡小町」です。百歳となった小町は逢坂山の麓にある関寺近くに柴の庵を結んでいます。昔は芙蓉の花のように美しかった面影はもはやなく、あかざの草のように憔悴し、目も見えず、困窮して物乞いをしながら生活しています。そこへ陽成天皇の使者の新大納言行家(ワキ)が訪れます。天皇が小町の境遇を憐れんで御製を行家に下賜し、小町に返歌を求めるためでした。

行家　いかに是なるは小町にてあるか
小町　見奉れば雲の上人にてましますか、小町と承候かや何事にて候ぞ
行家　いかに小町、さて今も歌を詠み候べきか
小町　我いにしへ百家仙洞の交はりたりし時こそ、事によそへて歌をも詠みしが、今は花薄穂に出初めて、霜のかかれる有様にて、浮世にながらふ計にて候

行家から「今も歌を詠んでいるか」と問われた小町は、昔は百官の貴族を相手に仙洞御所で歌を自在に詠み、歌人として名声をとどろかせたが、いまは薄の穂に霜がかかったような白髪の老婆となり果ててしまったと自嘲気味に語ります。

行家　げにもつとも道理なり、帝より御憐れみ御歌を下されて候、是々見候へ
小町　何と帝より御憐れみの御歌を下されたると候や、あら有難や候、老眼と申し文字も定かに見え分かず候、それにて遊ばされ候へ

行家から帝の御製が下されたことを聞いた小町は喜び、目が見えないので声に

出して読んでほしいと求めます。行家は御製を読んで聞かせます。

雲の上は有りし昔に変はらねど
　見し玉簾のうちや床しき

帝は御製で、小町が昔は頻繁に出入りした雲上（禁裏）は昔と変わらず、見慣れたその様子を懐かしく思っているのではないかと尋ね、小町に返歌を求めました。小町は

あら面白の御歌や候

と言い、こう続けます。

歌詠むべしとも思はれず、又申さぬ時は恐れなり、所詮此返歌を、唯一字にて申さう

三十一文字の返歌を詠むまでもありません。たった一字で返歌しようというのです。これには行家も驚きます。

不思議の事を申すものかな、それ歌は三十一文字を連ねてだに、心の足らぬ歌もあるに、一字の返歌と申す事、是も狂気の故やらん

三十一文字の歌でさえ十分意を尽くせないものがあるというのに、小町は老いさらばえて狂ってしまったのではないかと、行家は疑います。しかし小町は

いや、ぞといふ文字こそ返歌なれ

と答え、行家に再度、帝の御製を吟唱させ、こう続けます。

されぱこそ、うちや床しきを引き除けて、うちぞ床しきと詠む時は、小町が詠みたる返歌なり

小町の返歌とは、帝の御製の第五句「うちや床しき」を「うちぞ床しき」と変えただけのものでした。御製を奪うように詠むとは、「そんな例が昔にもあるのか」と驚き問う行家に、小町は得々と語ります。

唐土に一つの鳥あり、其名を鸚鵡といへり、人の言葉を承けて、すなはち己が囀とす、鸚鵡の鳥のごとくに、歌の返歌もかくのごとくなれば、鸚鵡返しとは申すなり

身分は高くなくとも、その歌の徳によって百家仙洞と交わった小町の面目躍如です。「雲上が懐かしいであろう」と詠んだ帝に、小町は「ええ本当に、とても懐かしいです」と返しているのです。「や」を「ぞ」というより強い調子の助詞に変えることで、小町の「雲上」への強い懐旧の情がにじみ、帝にも満足していただけるはず。行家も合点したのか

いかに小町、業平玉津島にての法楽の舞をまなび候へ

と、同じ六歌仙の一人、在原業平も舞ったという和歌山・和歌の浦の玉津島神社に祀られた歌の神（衣通姫）を言祝ぐ法楽の舞を求めます。小町もこれに応えて

和歌の浦に、潮満ちくれば潟を浪の、蘆辺をさして、田鶴鳴き渡る鳴き渡る…

とうたい舞うのでした。やがて日も暮れ、行家は都へ帰っていきます。小町は別れを惜しんで涙を流し、杖にすがってよろよろと柴の庵に戻るのでした。

初代中村吉右衛門と俳句

一、はじめに

初代中村吉右衛門（一八八六〜一九五四年、以下、吉右衛門と略す）は明治末年から第二次大戦後まで活躍した歌舞伎界の名優である。特に時代物（軍記などを基にした歴史劇）に優れた俳優として知られ、世話物（江戸庶民の生活を描いた人情劇）に長じた六代目尾上菊五郎（一八八五〜一九四九年）と並び、「菊吉時代」という全盛時代を築いた。一九五一年、歌舞伎俳優として初めて生前に文化勲章を受章している。本稿ではその吉右衛門と俳句について論じたい。

吉右衛門は名優であると同時に、高浜虚子（一八七四〜一九五九年）に句作を師事し、「ホトトギス」に定期的に投句。ホトトギス同人となり、虚子の序文で句集（『吉右衛門句集』、初版一九四一年）を編んだ俳人でもあった。

本業でひとかどの名を成し、同時に趣味・余技として俳句を詠む人は世間には多い。その点では、吉右衛門もそうした一人であり珍しくはないかもしれない。ことさら吉右衛門の俳句を取り上げる必要があるのかという異論もあるかもしれないが、吉右衛門にとって俳句は単なる趣味・余技ではなかった。

では、吉右衛門にとって俳句とは何だったのか。これを探るのが本稿の眼目である。あえて結論から言ってしまえば、吉右衛門にとって俳句とは歌舞伎の芸に通じるものであった。芸をさらに高めるためのものであったと言っていいかもしれない。歌舞伎界とも関係が深く、劇作家、小説家として同じく文化勲章を受けた久保田万太郎（一八八九～一九六三年）はおそらく吉右衛門以上に句作をよくし、「春燈」という俳句結社の初代主宰にもなった。それでも万太郎にとってはあくまでも「俳句は余技」（句集『も、ちどり』跋）だった。しかし吉右衛門にとっては「余技」でもなければ「趣味」でもなかった。

人間修行、延いては俳優修行の意り（中略）みぢんも遊びの気持はなく
（『吉右衛門自伝』）

という思いで句作に励んだのである。

俳句が盛んな現代とはいえ、俳句を本業にする人は少ない。俳句が、松尾芭蕉（一六四四～九四年）の「予が風雅は夏炉冬扇のごとし。衆にさかひて用る所なし」（『許六離別詞』）というものであるとすれば、俳句とはそもそも本業とするべき

ものではない、と言ってもいいかもしれない。ではなぜ、私たちは忙しい本業のかたわら、俳句を詠むのだろうか。そのことを考える上で、吉右衛門の俳句は一つの指針となるように思う。

二、歌舞伎俳優と俳句

吉右衛門と俳句について述べる前に、まず歌舞伎俳優と俳句との関係について触れたい。というのも、歌舞伎俳優の多くが歴史的に俳名（俳号）を持ち、俳句（俳諧）とつながりが深かったからである。

歌舞伎俳優が俳名を持った嚆矢は元禄期に活躍した初代市川團十郎（一六六〇～一七〇四年）とも、上方の初代坂田藤十郎（一六四七～一七〇九年）ともいわれている。初代團十郎の場合は、一六九四（元禄七）年に初めて京に上り、江戸歌舞伎の荒事芝居（江戸で生まれた力強い演技様式）を披露。その折、当時上方にいた俳人の椎本才麿（一六五六～一七三八年）に弟子入りした。才麿の一字「才」に、京で演じた「巡逢恋七夕《めぐりあいこいのたなばた》」という芝居の役・牽牛の「牛」をつけて「才牛」と俳名をつけた。

なぜ、初代團十郎は才麿に弟子入りし、俳名を持ったのだろうか。初代藤十郎が「曾根崎心中」など名作を書いた近松門左衛門（一六五三～一七二四年）と組んで、その和事芝居（上方で生まれた柔らかい演技様式）を演じたのに対し、初代團十郎は自らが演じる荒事芝居を自らの手で書く劇作家も兼ねていた。折しも初代團十郎の時代は芭蕉が現れ、蕉風を広めた俳諧革新の時代と重なる。上方ではすでに俳名を持ち、俳諧をたしなむ俳優がいたのではないか。初代團十郎は上方の地でそうした時代の空気を敏感に感じ取り、俳諧を劇作の素養の一つとしてたしなんだのではなかったか。

そしてこれ以後、歌舞伎俳優たちは初代團十郎にならい、俳名を持ち、俳諧をたしなんだ。

『吉右衛門句集』序文の中で、虚子はこう書いている。

昔は二代目の團十郎が栢莚と号して、其角の弟子であつて可成り有名であつたといふことを聞いて居る。（中略）元来俳優には別に俳名なるものがあつて、必ず俳句を作るものとなつてゐて、名題披露の時分などに配る扇子には、自分が作ればよし、若し作らぬ場合は其時分の宗匠に作つて貰つて自分の俳名を署してそれを配ることになつてゐたのださうである。（以下略）

虚子のいう「名題」とは、劇場の表看板に名前が載ること、すなわち俳優として一人前と認められることをいう。その際に俳句を詠む習わしが歌舞伎界にあったというのだ。そこに署したのが俳名であり、歌舞伎俳優の多くが俳名を持った。たとえば吉右衛門なら「秀山」（ただし吉右衛門は「ホトトギス」への投句などに秀山は使わず中村吉右衛門を通した。その理由は後に触れる）、二代目吉右衛門なら「貫四」、初代團十郎なら「才牛」、二代目團十郎なら「栢莚」、中村歌右衛門なら「芝翫」「梅玉」、尾上菊五郎なら「梅幸」「三朝」。ただし最初は俳名であったものが、時代が下って芸名に転じたものも多い。「芝翫」「梅玉」「梅幸」など。そうなると俳優はまた別の俳名を使った。

では歌舞伎俳優たちは実際に自ら俳句を詠んだのだろうか。虚子がいみじくも自分が作ればよし、若し作らぬ場合は其時分の宗匠に作つて貰つてと書いているように俳優たちは必ずしも自分で俳句を作っていたとは限らない。俳名はあっても俳句は作らない歌舞伎俳優も多かったようだ。

とりわけ明治になると、〝劇聖〟と仰がれた九代目團十郎（一八三八～一九〇三年）が現れ、歌舞伎の〝近代化〟が進められた。西洋近代劇のリアリズムの影響を受けた「新歌舞伎」が坪内逍遙（一八五九～一九三五年）、真山青果（一八七八～一九四八年）らによって書かれ、江戸時代の荒唐無稽な作品は〝文明開化〟の名の下、排斥される。それは正岡子規（一八六七～一九〇二年）による俳句の〝近代化〟と軌を一にする動きであった。

そうした中、前時代からの歌舞伎俳優と俳諧との関係も薄れていく。俳名も形骸化していった。

三、吉右衛門と虚子

だが、一人、吉右衛門は違った。吉右衛門は『自伝』にこう書く。

俳句も弓（筆者註・小笠原流の名手だった）も私にとりましては趣味ではなく、人間修行、延いては俳優修行の意りでございます。ですから、両方共、至つて拙い業ではございますが、みぢんも遊びの気持はなく、全力を尽してこの道を勉強する心得で致して居ります。

吉右衛門が虚子の教えを受けるようになったのは、『自伝』によれば、昭和六、七（一九三一、三二）年頃という。時に吉右衛門四十五、四十六歳。虚子との出会いは人の紹介だったという。それまでも弟子がやっているのを見て作り、楽屋句会などを催していたというが、「座興程度の我流」にすぎなかったと書いている。虚子に教えを受けるに当たり、吉右衛門は俳号について相談した。前に触れたように吉右衛門には歌舞伎俳優の慣習として「秀山」という俳名があったからだ。虚子はこう答えた。

貴方に、どの俳優も持つて居る俳号として、秀山と云ふ名のある事は知つて居ますが、失礼乍ら、俳優の俳号は唯飾りみた様なもので、何れもが、自分で作るのでもなく、何かの時には代作を頼んだり、自作であつても、唯形だけの月並俳句が多い様に思はれます。併し、今度、貴方が今日の正しい俳句に志された上は、その俳号よりは、吉右衛門の名を用ひられた方がよくはないかと私は思ひます。

（『吉右衛門自伝』）

吉右衛門は虚子のこの言に従って、「ホトトギス」へ「中村吉右衛門」で投句するようになった。しかし虚子の言には、ただ俳号のことだけではない意味があるように思う。そこには、「正しい俳句に志」した吉右衛門に対する師としての大きな期待が表出しているのではないだろうか。

とはいえ、吉右衛門にとって「正しい俳句」は簡単なものではなかったようだ。『自伝』にはこうある。

本式にこの道に入つて見ますと、中々難しいもので、始めは手も足も出ない様な気が致しましたが、先生から、何でもいい、自分の思つたこと、見たり聞いたりした事を、自然に、有の儘に句にして見ろ、それを繰返して行く中には、だんだん形も出来、心持の表現も洗練されてくるのだから、と仰有つて戴き、それから、何でも心に浮び次第に作句致して、先生の御添削を願ひ、精々勉強を続けて居るのでございます。

勉強を始めてすぐ、吉右衛門は俳句も歌舞伎の芸も、その核心となるところは同じではないかと気づいたようだ。吉右衛門の一九三一年の句

木々の芽に少し開けありむさう窓

「むさう窓」は室内に採光ができるように格子の引き戸を取り付けた窓のこと。春の陽気が室内に緩やかに広がってくるような余韻のある句だ。吉右衛門は虚子の言に従い、眼前の景を素直に写し取った。虚子はこの句を褒めた。

それは目前に見た景色をただ写すといふことを私が言つたので、目前にあつた景色を其儘に写し取つた句であつた。私は、それでいいのだ、と言つた。爾来氏は真ッ正直に私の言つた言葉を信じて今日まで来てをるのである。

（『吉右衛門句集』序文）

吉右衛門が虚子のもとで俳句を学ぶようになった四十五歳の一九三一年から六十八歳で亡くなる前年の五三年までの身辺を記した『吉右衛門日記』がある。没後（一九五六年）に妻がまとめたものだが、これを見ると、日々おびただしい数の句が記されている。歌舞伎界の大立者であった人とは信じられないくらいに句作に傾倒していることがうかがわれる。年を追っていくつかを引いてみる。

家土産にかぼちやもらひし夜汽車かな　（一九三二年）
松過ぎて年始まはりの役者かな　（三三年）
昼ばてや冬日の残る東山　（三四年）
道かへて桜の道を歌舞伎座へ　（三五年）
蓮池の寺を抜ければ芝居小屋　（三六年）
久々の下り役者や近松忌　（三七年）
半日を病む子の部屋に日向ぼこ　（三八年）
女房も同じ氏子や除夜詣　（三九年）
巻藁の屋根にも落葉しつつあり　（四〇年）
鴉一羽こほる田を踏みやぶりゆく　（四一年）

打上げてさすがに京の師走かな　（四二年）
雪の日や雪のせりふを口ずさむ　（四三年）
芭蕉忌や落葉ふむにも心して　（同）
茄子苗を慰問の閑に植え《（ゑ）》もして　（四四年）
空襲の跡に風吹き紅葉散る　（同）
なすこともなく雪の夜を敵機去る　（四五年）
警報も何の物かや山ざくら　（同）
我家も歌舞伎座もなし夏柳　（同）
書ぬきを読みさしてあり春炬燵　（四六年）
芝居すみ今日一日を椿かな　（四九年）
波音の静かになりて赤とんぼ　（五三年）

これらの句は、虚子を招いて定期的に開かれていた小句会「木の芽会」での席題句であったり、巡業で地方を訪ねて舞台の合間に詠んだ吟行句であったり、休暇に家族や弟子たちを引き連れて出かけた保養先での吟行句であったり、とさまざま。しかも戦争、敗戦をはさんで激動の時代だった。

だが、どの句も、吉右衛門が虚子の「目前に見た景色をただ写す」という教えを子どものように忠実に守っていることがわかる。それは四十五歳から六十八歳で亡くなるまでの二十年以上の間、一貫して変わらなかった。歌舞伎界の頂点に立った男であり、一門の弟子への芸の指導はことのほか厳しかったといわれる吉右衛門である。だからこそ俳句に対しても終生、虚子の言う通り「真ッ正直に」向き合った。それは吉右衛門が歌舞伎の芸に向き合うのとまったく同じ姿勢であったと思う。

さうして、深く道へ入つて行けば行く程、妙味は津々として盡きず、嬉しいにつけ、哀しいにつけ、それを句に致してどんなに心を慰められましたことか、そして、芝居に限らず、芸術の道は所詮同じである事を知つて、どんなに感動致しました事か、今では、よくぞ俳句を本気で学び始めたと、心から幸せに思つて居るのでございます。

（『吉右衛門自伝』）

吉右衛門の虚子に対する敬愛の念は終生変わらなかった。虚子は吉右衛門より十二歳年長だが、吉右衛門の姿勢は子どもが親に対する如くであった。『吉右衛門日記』を読むと、いたる所に俳句を通した師弟のほほえましいエピソードが見つかる。敗戦の色濃くなった一九四四年六月二十七日付の『日記』には以下のような記述がある。鎌倉で開かれた虚子を囲む句会（二百二十日会）に出かけた時のこと。京極杞陽、日本舞踊家の武原はんなども参加した。

この日の我ら（筆者註・吉右衛門は自分のことをこう書く）出来ばえで、先生も喜んで下されお誉めの御言葉頂く。（中略）取分け我らが大勝利でありしこと。暫くして夕食になる。鮪刺身、野菜汁、焼魚等。酒もよし、ウヰスキー等久々にて流石鎌倉と思われ、また、當家は先生の御顔にてとありしにや、中々の饗応にて、愈々席も朗らか十二分。（中略）我ら四句入選の嬉しさと、先生の御機嫌よきに、益々心持よく大分酩酊した。（中略）小時の三味線で我ら唄い…（以下略）

（『吉右衛門日記』の引用の表記は原典通りとした、以下同）

しばし戦時下の緊張をよそに、虚子に句をたくさん採ってもらった吉右衛門の子どものようなはしゃぎぶりが目に浮かぶ。

そんな吉右衛門に対して、虚子も親身に応えた。一九三五年、吉右衛門に頼まれ小林一茶（一七六三〜一八二七年）を主人公にした歌舞伎の脚本を書き、同年十一月の東京劇場で「髪を結ふ一茶」が上演された。もちろん吉右衛門が一茶を演じた。さらに芭蕉二百五十年忌に当たった四三年にも、吉右衛門の頼みで芭蕉の『嵯峨日記』を基に脚本を書き、同年十一、十二月に歌舞伎座で上演された。芭蕉を演じることに吉右衛門は相当入れ込んでいたようで、何度も『嵯峨日記』を読み直した、と『日記』にある。この頃の記述と句。

この大役をすることを引受けることは、言知れぬ有難き限りで一杯である。毎日毎日楽しんでなり切つて演じている。

芭蕉忌や落葉ふむにも心して

虚子は吉右衛門に次のような句を贈っている。一九五二年に歌舞伎座番附に望まれて、「吉右衛門」と前書のある句。

足すこし悪しと聞けど花の陣（『七百五十句』）

晩年の吉右衛門の舞台へのさりげない心遣いが見て取れる。

この二年後の五四年九月五日、吉右衛門は急逝する。享年六十八。虚子は「真ッ正直に」句作に向き合ったこの愛弟子に

たとふれば真萩の露のそれなりし（同）

と追悼句を詠んでその死を惜しんだ。萩は吉右衛門が好きで自宅の庭に植えていた。

四、芸と俳句

吉右衛門はなぜ、これほど本業の歌舞伎の芸と変わらぬ熱意を持って虚子に師事し、句作に力を注いだのだろうか。最初に、吉右衛門にとって俳句は芸に通じるもの、芸を高めるものであったと書いた。ではいったい芸と俳句はどこでどう

つながっていたのだろうか。

『吉右衛門日記』に次のようなくだりがある。

何でも人間は腹で行くこと。腹が抜けると堅くなつて、何事も思う様に出来ないもの。句作がそれで、腹から出て来て、素直にすらすらと出来るのでなければ、うまく行かぬと思う。弓も芸も皆同じこと。（中略）昔の人は、毎日毎日初日の心持でおれという。名言なり。それには稽古が肝心で、充分稽古して、初日前に一遍忘れてしまえと、そして初日は堅くならず、すらすらとした芸が出来る様になれと教えられた。（以下略）

高浜先生の教えにうまくやろうとしなくとも、やつていれば良いということ。俳句は吟行して写生するのが一番大切と言われる。普段写生して置くと、それが句作の席題の時にも、それとなく直ぐ浮んで来る。それは決して拵え物にあらず。芝居の芸も人の芸を多く見ておくと、それがいつしか腹の中に入り、何時何役の時でも何かの役にたつものである。（以下略）

吉右衛門の中では、俳句も歌舞伎の芸も小手先ではいけなくて、「腹で行くこと」が大切であること、そのためには日頃から実際のもの（俳句なら外界の森羅万象、芝居なら他の人の舞台）を見て、稽古を積み重ねることが大切であるという一点で一致していたことがよく分かる。

私たち自身の経験でも、句会で席題が出された時、たとえば「風鈴」ならば、旅先の宿の軒先にぶらさがっていた風鈴の音を耳奥で再現してみる。「蚊帳」ならば、子ども時代に田舎で母親が吊っていた様子を記憶の引き出しから取り出す。そこからさまざまに連想を働かせる。

これとは逆に、吟行に出かけた時など、見るものがあまりにも驚異的なものだったり感動的なものだったりした場合、たとえば那智の滝や桜が満開の吉野山を目の当たりにしたような時、すぐには句が浮かばないものだ。できたとしてもそれはしばしば小手先のものになりがちで、翌日句帳を開くと幻滅してしまうことがある。ところが少し時間がたってからその時の光景を思い浮かべて句作すると、案外佳句が生まれることがある。

吉右衛門が言う「腹で行く」とは、つまりそういうことではないかと思う。見たことや聞いたことをいったん飲み込み、腹の中で消化する。すると無駄な物は排泄され、栄養分だけが残る。

吉右衛門に限らず、歌舞伎俳優がよく使う言葉に「役の性根を知る」ということがある。「性根」とは役の人物の心情や本心のこと。「性根」を知ることは俳優が役作りをする際、不可欠なこととされる。舞台の上での台詞や仕草はすべて「性根」から生まれる。たとえば俳優がある場面で後ろを振り向く仕草があるとする。俳優は台本にそう書かれているから振り向くのではない。演じている人物の「性根」を知れば、その場面で振り向かなければならない必然的理由があるのだ。「性根」をしっかりとつかんでいる俳優とそうでない俳優とでは、同じ振り向くという仕草一つでも、明らかに真実味が違ってくる。

どんな役者でも役の性根をつかみ損う心配はないと言う人があるかも知れない。しかし熊谷（筆者註・「熊谷陣屋」の熊谷直実のこと、吉右衛門の当たり役の一つ）にしても盛綱（同・「盛綱陣屋」の佐々木盛綱のこと、同じく吉右衛門の当たり役の一つ）にしても、吉右衛門ほどにその役の性根をしっかりつかみ、舞台の上にその人らしい人間を徹底的に生き生きと表現することの出来る役者は、外にはいないのである。（以下略）

これは『中村吉右衛門論』(一九一一年)を書いたことで知られる文芸評論家の小宮豊隆(一八八四〜一九六六年)が一九四八年に書いた「吉右衛門の芸」という短文から引いた一節。吉右衛門の名優たる由縁は「性根」をしっかりとつかみ、台詞や仕草を腹に落としてから演じるところにあると言っている。

吉右衛門が俳句についてもまったく同様に考えていたことは間違いないだろう。先に『吉右衛門日記』から引用した

句作がそれで、腹から出て来て、素直にすらすらと出来るのでなければ、うまく行かぬと思う。

というくだりからも明らかだ。

吉右衛門の代表句の一つ

雪の日や雪のせりふを口ずさむ(一九四三年)

を先に挙げたが、この句がもし

雪の日に雪のせりふを口ずさむ

であったらどうだろうか。「腹で行く」という吉右衛門の思いは失われてしまう。雪の日に雪のせりふを言うのでは、大きな滝を眼前にして小手先で句作するのと似ている。しかし「雪の日や」と「や」で鋭く切れば、雪のせりふは腹に落ちる。春爛漫でも、炎天下でも、秋の夜長でも変わらずに雪のせりふを舞台で真実味を込めて語ることができる。吉右衛門のこの句は、しっかりと役の「性根」を腹に落としていなければだめだ、ということを示している。芸にも俳句にも「腹で行く」吉右衛門の強い思いが表れていると思う。

吉右衛門の俳句修行は、すなわち芸の修行の一環だったのだ。

五、おわりに

吉右衛門が俳句に励んだため、その一門でも俳句を詠む弟子たちが多かった。

しかし吉右衛門が亡くなり、そうした弟子たちも亡くなるにつれ、俳句を詠む歌舞伎俳優はほとんど地を掃ってしまった。なぜ、吉右衛門が歌舞伎の芸と同じくらいに句作に打ち込んだのか、その思いを知る人もほとんどいなくなってしまった。

しかしそんな中で、吉右衛門の孫に当たる九代目松本幸四郎（現・二代目白鸚、一九四二年〜）は熱心に俳句に向き合っている。

国々を巡り終へたり夏芝居

この句は、幸四郎が十六歳の時から演じ続けている「勧進帳」の弁慶役の公演が二〇一〇年七月末、茨城県で全都道府県を巡り終えたのを記念して詠まれた。幸四郎は〇九年六月に『句集　仙翁花』（三月書房）を上梓した。俳名の「錦升」は使わず、「松本幸四郎」の名で上梓したところは吉右衛門と同じ。句集の「あとがきにかえて」で、幸四郎はこう書いている。

僕を俳句の世界に誘ってくれたのは、他ならぬ祖父のこの句だった。

雪の日や雪のせりふを口ずさむ

父（筆者註・初代白鸚）を看取った翌朝のこと。

大阪で襲名興行を勤めていた僕は、朝一番の飛行機で大阪に向かっていた。窓の外をぼんやり眺めていると、一面の雲海に雪をいただいた富士山が見えた。その姿を見ていると、まるで父が別れを告げに来てくれたように思え、不意に、祖父のこの句が胸に浮かんだ。雨が降ろうが風が吹こうが、親が死のうが、舞台に立っているのが役者だと…。

実はその時、僕は大阪の舞台で毎日雪のせりふを言っていたのだ。（以下略）

不思議なものである。私はこれを読んだ時、血は争えないと思った。吉右衛門の思いはしっかりと幸四郎の中に生きているのだ。

引用・参考文献

『吉右衛門句集』（中村吉右衛門著、本阿弥書店、二〇〇七年）
『吉右衛門自伝』（中村吉右衛門著、啓明社、一九五一年）
『吉右衛門日記』（中村吉右衛門著、波野千代編、演劇出版社、一九五六年）
「吉右衛門の芸」（小宮豊隆著『中村吉右衛門』所収、岩波現代文庫、二〇〇〇年）
『江戸演劇史・上』（渡辺保著、講談社、二〇〇九年）
「初代坂田藤十郎の俳名について」（森谷裕美子著、田口章子編『元禄上方歌舞伎復元』所収、勉誠出版、二〇〇九年）
『句集　仙翁花』（松本幸四郎著、三月書房、二〇〇九年）
『虚子五句集・下』（高浜虚子著、岩波文庫、一九九六年）
『歌舞伎事典』（平凡社、一九八三年）

あとがき

芭蕉が『おくのほそ道』の旅に出た大きな目的は、松島をはじめ古歌に詠まれた東北や北陸の歌枕を訪ねることでした。ただし、訪ねようとしたのは現実の歌枕ではありません。古典や能（謡曲）の世界と二重写しになった歌枕です。『おくのほそ道』に次々登場する歌枕で、芭蕉が演じているのは能のワキ僧です。同行の曾良はワキツレ。『おくのほそ道』という舞台で芭蕉も曾良もわざをぎと言ってよいでしょう。

諸国を巡るワキ僧・芭蕉は歌枕でさまざまな霊を呼び出します。栃木の歌枕・遊行柳では「田一枚植ゑて立ち去る柳かな」と詠んで、能「遊行柳」のシテである柳の精霊を呼び出しました。岩手・平泉では非業の死を遂げた義経主従や奥州藤原氏のつわもの（兵）どもの霊を、北陸・市振では能「江口」の遊女の霊を、小松の多太神社では斎藤実盛の霊を呼び出しました。

定年退職を機に『おくのほそ道』を歩きたいと思ったのは、加藤楸邨の本を読んだ影響です。楸邨自身幾度も歩き、「芭蕉へのあこがれ」(『加藤楸邨全集第八巻』所収)に「芭蕉は足でたどり、芭蕉は足で疲れつつこの線上で物を見たのである」と書いています。

歩きながら、芭蕉のように古典や能の世界にワープしようと心がけました。三十キロ、四十キロと歩き、夕暮れ近く肉体の疲労がピークに達すると、意識は朦朧とし、そんなときにふっと古典や能の世界が立ち現れることが多かったように思います。

今回、起点の千住から象潟までの吟行句を収めましたが、二〇二一年は山形・鶴岡から、終点の岐阜・大垣を目指しています。この間の吟行句もいずれまとめたいと思っています。

新型コロナウイルスは、我々の日常生活を一変させてしまいました。

俳句と芝居も緊急事態宣言以降、皆が集うリアル句会が中止され、歌舞伎座や国立能楽堂をはじめほとんどの劇場が一時閉じられました。歌舞伎座は二〇二〇年三月から七月まで閉じられました。こんなことは戦争の時以外なかったことです。

その後、句会も芝居もズームやユーチューブなどリモートが取り入れられました。歌舞伎座は再開されましたが、これを書いている時点でなお、上演時間が短縮され、客席も半分に減らされ、大向うからの掛け声や幕間の弁当、役者の妻たちが和服姿で客を迎える華やかな慣例もすべて中止のままです。コロナ禍によって日常が非日常化し、逆に非日常空間だった歌舞伎座は日常に取り込まれてしまった感じです。なんとも淋しい限り。一日も早く、元の歌舞伎座に戻ってほしいと願います。

序句と装丁の画を賜った二代目松本白鸚丈には、歌舞伎記者時代以来、俳句の縁で懇意にしていただいています。御句は白鸚丈が令和元年四月、襲名披露巡業にて詠まれました。私自身の心にも叶い、感謝に堪えません。句をまとめるに当たりご助言下さった長谷川櫂先生、出版の労をお執り下さった青磁社の永田淳様にお礼を申し上げます。

二〇二一年錦秋

藤　英樹

季語索引

あ行

か行

さ行

た行

な行

は行

ま行

ら行

わ行

初句索引

著者略歴

藤　英樹（ふじ　ひでき）

一九五九年、東京生まれ。二〇〇二年、東京新聞職場句会「百花」に参加、俳句を始める。〇四年、俳句結社「古志」入会、長谷川櫂に師事。〇五年、古志同人。一一年、「初代中村吉右衛門と俳句」で第六回古志俳論賞受賞。現在、古志鎌倉支部長、川崎の生活情報紙「東京新聞ＴＯＤＡＹ」俳壇選者、櫂が代表のＮＰＯ法人「季語と歳時記の会」の会報「きごさい」編集長。著書に『長谷川櫂二百句鑑賞』（一六年、花神社）。第一句集『静かな海』（一七年、花神社）

〒二三二－〇〇七二　横浜市南区永田東一－三一－一三
E-mail:　hosai1959santoka@ye4.fiberbit.net

句文集　わざをぎ

初版発行日　二〇二一年十一月二十四日

著　者　藤　英樹

定　価　二五〇〇円

発行者　永田　淳

発行所　青磁社

京都市北区上賀茂豊田町四〇―一（〒六〇三―八〇四五）

電話　〇七五―七〇五―二八三八

振替　〇〇九四〇―二―一二四二二四

https://seijisya.com

装　画　松本白鸚

装　幀　加藤恒彦

印刷・製本　創栄図書印刷

ISBN978-4-86198-521-8 C0092 ¥2500E